DISCOURS
AU ROY

PAR

JULES AMIGUES

PRIX : 50 CENTIMES

LACHAUD & BURDIN

ÉDITEURS

4, Place du Théâtre-Français, à Paris.

DISCOURS
AU ROY

PAR

JULES AMIGUES

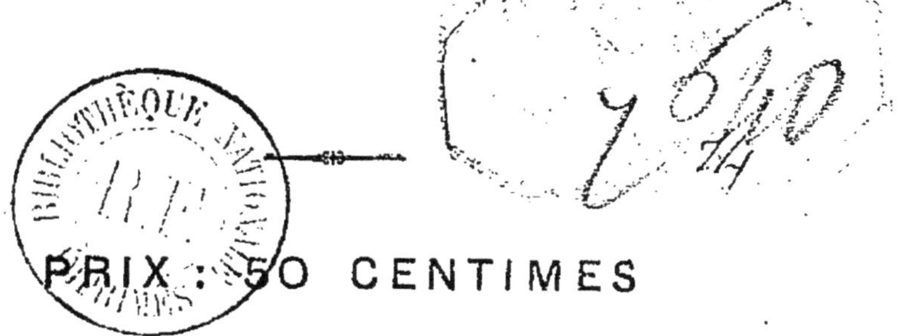

PRIX : 50 CENTIMES

LACHAUD & BURDIN

ÉDITEURS

4, *Place du Théâtre-Français*, 4, *Paris.*

Paris.— Imp. F. DEBONS et Cie, 16, rue du Croissant.

DISCOURS

AU ROY

Par Jules AMIGUES

Monseigneur,

Vous êtes fils de rois, et quelques bonnes gens, un peu pressés peut-être, vous nomment déjà : « le Roy.» Quant à présent, ne leur déplaise, vous n'êtes qu'un simple citoyen, — moins qu'un citoyen, un exilé, absent depuis un demi-siècle du pays sur lequel on lui fait croire qu'il pourra régner. Et puisque, sans manquer au respect qui est dû à votre situation et à votre caractère, il m'est permis encore de vous parler avec la liberté et la franchise qui, hélas ! n'abordent plus les souverains, j'en profiterai, si vous daignez le permettre, pour avertir en vous : le citoyen, qu'il s'égare, — l'exilé, qu'il ignore — et le prince, qu'il se perd.

****

Le titre que vous alléguez pour régner, monseigneur, et en vertu duquel on prétend vous imposer à la France, c'est « le droit monarchique, traditionnel et héréditaire, » que quelques-uns de vos amis, par une antiphrase dont il est permis de sourire, invoquent comme « le patrimoine de la nation. »

Or, dans la situation solennelle et redoutable que font à la France votre revendication et les prétentions de vos amis, il n'est pas inutile, il est nécessaire d'examiner sévèrement :

Quelle est l'origine, quels sont la nature et le rôle historique de votre droit monarchique, « traditionnel et héréditaire ; »

Quelles chances lui sont offertes de reprendre racine sur le sol d'où l'arracha la secousse de 93 ;

Quels hommes, quels moyens, quelles manœuvres s'emploient aujourd'hui à servir votre cause, et quel profit en peut retirer votre honneur ?

* *
*

Sur le premier point, monseigneur, je prendrai la liberté grande de vous dire que votre langage et celui de vos amis vous mettent en contradiction, non pas seulement avec le sentiment public qui domine en France, mais avec l'histoire elle-même.

Trois races de rois ont tenu le sceptre en notre pays depuis ses origines nationales : les Mérovingiens, les Carlovingiens, les Capétiens.

Or, au point de départ de chacune de ces trois races, on trouve, comme source du pouvoir royal, l'élection, autrement dit la souveraineté nationale.

Clovis, le véritable fondateur de la dynastie mérovingienne, est promené sur le pavois devant l'armée en bataille, c'est-à-dire élu par les Francs, par le peuple conquérant, qui était alors le seul peuple en possession du droit politique.

Deux siècles et demi plus tard, Childéric III, dernier mérovingien, est déposé, c'est-à-dire dépossédé du « droit monarchique » par le suffrage universel des Francs, et Peppin, le fondateur de la dynastie carlovingienne, est élu à sa place, sur l'avis conforme du pape Zacharie.

Deux siècles et demi se passent encore : le dernier carlovingien direct, Louis V, un roi fainéant comme Childéric III, meurt on ne sait comment ; mais, de son vivant même, au dire de Gerbert, « la grande affaire de sa ruine se traitait sérieusement en secret ; » et dès qu'il est

mort, Hugues Capet,—votre aïeul, monseigneur, — est élu roi à l'exclusion du
collatéral carlovingien, par les évêques
et les seigneurs du Nord, délégués de la
nation franque.

Même, pour bien préciser le sens
de l'élévation de Hugues, l'évêque
Adalbéron, en cette occurrence, pro-
nonça ces propres paroles : « LE
ROYAUME NE S'ACQUIERT POINT PAR DROIT
HÉRÉDITAIRE. » Et le même évêque a-
jouta encore : « Choisissez l'excellent
duc Hugues, et vous trouverez en lui un
protécteur, non-seulement de la chose
publique, mais de la chose de chacun. »
C'est-à-dire que l'excellent duc Hugues
fut, cela est bien clair, un roi électif, le
prince des grands et des évêques, le
chef des possesseurs du sol, le représentant souverain de la race conquérante.

Ainsi le droit monarchique, à quelque
source qu'on l'emprunte, à quelque point
de notre histoire qu'on le considère, a
pour base l'élection.

Que si, en fait, le pouvoir royal se
transmit de père en fils dans la même
famille, ce ne fut point à raison d'un
contrat originel, par la vertu d'un principe d'hérédité préétabli, ce fut uniquo-
ment par la force des choses et de l'ha-
bitude, qui fit se confondre avec la suc-

cession de la couronne la succession du fief auquel elle avait été attachée. Les seigneurs, aux premiers temps de la société féodale, avaient assez à faire de s'établir et de se consolider chez eux pour ne point prendre souci de disputer, à l'échéance de chaque mort royale, sur la possession d'un titre et d'une dignité qui ne les gênaient guère alors, et qui exprimaient d'ailleurs, dans ce monde confus et violent, l'instinct d'unité et de stabilité inhérent à toutes les sociétés humaines.

Ainsi s'institua le droit monarchique : droit issu d'une série de faits, nullement fondé sur un principe de perpétuité antérieur à ces faits et reconnu par tous au profit d'un seul.

*
* *

A défaut de cette perpétuité originelle, dont le principe électoral est la négation claire et absolue, on se plaît à invoquer je ne sais quel « droit divin, » emprunté aux sources ecclésiastiques, et qui rattacherait la monarchie française à la monarchie universelle de l'Eglise. Mais je cherche vainement, dans la longue suite des rapports entre les rois de France et les papes, l'assiette de ce droit.

Ici encore c'est le fait qui règne.

Quand Peppin affecte de consulter le pape Zacharie sur le droit du prince qu'il veut déposséder, le pape répond : « Celui-là doit être roi qui en a le pouvoir. »

Il est vrai que plus tard, au temps des Capétiens, le pape Grégoire VII proclame :

« Que c'est le pape seul qui destitue les empereurs, que c'est devant lui que les sujets accusent leurs princes, et que c'est lui qui les dégage du serment de fidélité. «

Mais toute l'histoire des rois capétiens, toute la tradition de leur droit monarchique n'est pas autre chose, précisément, qu'une résistance tenace à ces prétentions du souverain pontife ; et je n'ai point à vous rappeler, monseigneur, comment Philippe I et Philippe II essayèrent de défendre, contre l'excommunication romaine, leurs mariages adultères ; — comment le saint roi Louis IX tint en respect l ingérence pontificale à ce point que l'on ait pu lui attribuer la Pragmatique — sanction ; —comment Philippe IV fit souffleter Boniface VIII par Nogaret de La Valette, et enferma dans Avignon l'indépendance du Saint-Siége ; — comment Charles VII régla, par la Pragmatique de Bourges, les droits respectifs de l'Etat et de l'Eglise nationale ; — comment Louis XII combattit en Italie l'ambition de Jules II ; — comment François Ier compléta, par le Concordat de Bologne, la Pragmatique de Bourges ; — comment Henri IV rendit l'Édit de Nantes au grand chagrin de l'Eglise romaine ; — comment Louis XIII soutint les protestants d'Allemagne ; — comment Louis XIV résuma, dans la Déclaration de 1682, les immunités invoquées par la couronne de France et par l'Eglise gallicane ; — comment Louis XV proscrivit les Jésuites, agents trop actifs de la prépondérance pontificale :

Si bien qu'en somme la vraie tradition de la monarchie française, loin de se fonder sur une prétendue légitimité issue d'une alliance étroite avec l'Eglise romaine, peut invoquer tout au contraire, comme raison d'être historique, comme cachet distinctif de sa nationalité, la longue lutte soutenue par l'autorité royale contre la théorie du droit divin et la domination du Saint-Siége.

Non moins âpre fut le combat entre la famille capétienne et ces mêmes seigneurs auxquels elle devait son élévation. Car ceux-ci ne s'humiliaient point alors devant ce « droit monarchique » qu'attestent aujourd'hui ceux qui se croient ou se disent leurs héritiers, et, en plus d'une occasion, ils mirent la monarchie en péril, soit en s'organisant contre elle en ligues redoutables, soit en lui suscitant de menaçantes rivalités dans les prétentions des Bourguignons, des Guise ou des d'Orléans. Pour se soutenir contre la noblesse, la royauté n'eut d'autre ressource que de s'appuyer sur le peuple : — de telle sorte que la monarchie élue par les grands se transforma en une sorte de césarisme héréditaire, qui ne se donna ni paix ni trêve jusqu'à ce qu'il eût achevé son œuvre, c'est-à-dire jusqu'à ce qu'il eût réduit la vieille aristocratie féodale à n'être plus qu'une gentilhommerie d'antichambre.

Alors la monarchie capétienne, ayant accompli sa fonction historique, disparut de l'histoire, comme en disparaissent, monseigneur, toutes les institutions et toutes les races dont ce Dieu, que vous adorez, n'attend désormais plus rien.

Or, vous venez aujourd'hui, monseigneur, réclamer pour vous, héritier de cette famille, ce droit tombé de ses mains, et vous le réclamez en vous appuyant sur quelques vieux débris

de cette aristocratie que vos pères
ont réduite à néant, et sur ce clergé
ultramontain, qui est le représentant
actuel des prétentions que vos pères
ont domptées! En agissant ainsi, monseigneur, en réduisant à de telles allian-
ces votre tradition monarchique, c'est
cette tradition même que vous reniez ;
et rien n'en saurait attester mieux la
chute révocable que de la voir aujour-
d'hui tenter de se relever en prenant
pour béquilles les ossements de ses vieux
ennemis.

Résumons-nous sur ce point, monseigneur, et songez-y :

Si la tradition monarchique que vous
invoquez prétend emprunter son autorité à des sources inconnues, mystérieu-
ses, perdues dans l'origine des temps,
cette tradition ne vaut rien : — car elle
s'arrête tout net à l'an 987 et a pour point
de départ, non point la souveraineté
royale, mais le droit électoral, la souveraineté de la nation.

Si cette tradition prétend se fonder
sur l'autorité de l'Eglise, elle vaut
moins que rien : — car elle n'a pas cessé
un instant d'être en lutte avec l'Eglise.

Si, — comme c'est la vérité, quoique
vous n'en conveniez point, — cette tra-

dition repose simplement sur le fait de
la possession héréditaire, — c'est-à-dire,
en somme, sur la force, — il est certain,
monseigneur, que cette possession a été
interrompue, et que, pour la renouer, il
n'est d'autre moyen que la force. Montez
donc à cheval, monseigneur, franchis-
sez la frontière française, revendiquez
hautement votre royal héritage, injuste·
ment ravi, — et si la France vous accla-
me, si l'armée vous suit, alors, monseigneur, vous serez véritablement roi.

Mais telle n'est point votre prétention,
monseigneur, tel n'est point votre plan
de conduite. On invoque pour vous, il
est vrai, « l'initiative royale : » ce qui, à
nommer les choses par leur nom, n'est
pas autre chose que l'exercice du droit
de possession ; mais la preuve que ce
n'est point de cette initiative que vous vous
prévalez, c'est que vous attendez, pour
rentrer, un vote de l'Assemblée : — ce
qui, au fond, n'est pas autre chose que
la reconnaissance du droit électoral, et
ramène ainsi, sans que vous paraissiez
y songer, votre tradition à son point de
départ.

*
* *

Or, ne discutons point, quant à présent, monseigneur, sur l'aptitude ou la

compétence de cette Assemblée à élire un roi. Supposons simplement qu'elle vous ait *appelé*, — c'est-à-dire *élu*, puisque vous ne venez pas sans qu'elle vous appelle, et que vous ne viendrez que si elle vous appelle.

Donc, la monarchie est restaurée, à une voix de majorité, à dix voix, à cinquante voix, si vous l'aimez mieux ; la querelle du drapeau, digne pendant de la dispute byzantine entre les Bleus et les Verts, a été résolue ; l'armée, observatrice fidèle de la légalité, a veillé au maintien de l'ordre ; le peuple des faubourgs, las de séditions, écrasé par des répressions terribles, stupéfié par la misère, n'est point descendu sur la place publique ; le paysan, impuissant aux révoltes, isolé sur les champs qu'il cultive, s'en est remis, pour le salut de ses intérêts et de ses droits, à la fortune et au Code civil ; l'élu royal a fait son entrée dans la capitale au milieu d'un silence indifférent, ou même à travers une bruyante allégresse : car chacun sait que « tous les gouvernements ont leur public. » Vous voilà, monseigneur, « roi par la grâce de Dieu » sur les parchemins, en fait roi par la grâce de l'Assemblée nationale.

Ne chicanons pas davantage sur la se-
conde phase de l'opération. Une constitution a été discutée ou bâclée, octroyée
ou consentie : telle quelle, elle est devenue la loi des parties, le pacte fondamen-
tal ; elle lie l'Assemblée actuelle ; elle lie
les Assemblées futures ; elle lie le peuple-
elle lie, ou même ne lie pas le roi.

Dans cette constitution, le suffrage
universel a été non point supprimé, —
l'on n'aurait garde d'employer ce mot
malsonnant, — mais « réglementé, »
c'est-à-dire soumis à un cens plus ou
moins élevé, à des conditions d'âge et
de domicile savamment combinées pour
éloigner de l'urne un grand nombre d'é-
lecteurs actuels, tous ceux spécialement
qui seraient plus suspects de manquer
d'enthousiasme envers la monarchie
traditionnelle et héréditaire.

En outre, et cela va sans dire, l'Assemblée a reconnu au roi le droit de dissoudre toute Assemblée factieuse qui
serait tentée d'entraver la volonté de la
couronne : — dans tous les pays pourvus
des « libertés nécessaires », cette faculté
est conférée au roi, et Henri V, roi traditionnel, ne saurait être, en ce point,
moins favorisé que Léopold II, Victor-
Emmanuel ou la reine Victoria, tous

souverains convaincus et entachés d'origine révolutionnaire.

Tous ces points réglés, toutes ces formalités remplies, toutes ces précautions prises, comme l'Assemblée nationale, si dure qu'elle soit à mourir, ne saurait cependant être immortelle, elle déclare enfin sa mission remplie, elle prononce sa propre dissolution; et le Roi ratifie ce vote par un acte de sa puissance souveraine.

Voilà la royauté face à face avec le pays.

Or, le connaissez-vous bien, monseigneur, ce pays? Vous à qui l'exil a donné pour patrie le monde entier hormis la France, êtes-vous bien sûr de juger exactement, en la jugeant d'après le reste du monde, cette terre qui est la seule où il ne vous ait point été permis d'habiter? Vous que la tradition préoccupe et qui, par une tendance naturelle de votre situation, avez l'esprit tourné de préférence vers le passé, soupçonnez-vous la profondeur de l'abîme qui sépare ce passé du présent? Etes-vous en état de mesurer avec froideur l'immensité des haines et des défiances qui se sont accumulées depuis un siècle entre votre pays et votre « tradition? »

Par les actes de 89, par les crimes de 93, par les guerres de 1792 à 1815, la France s'est compromise avec elle-même et irrévocablement engagée envers la Révolution. Elle ne peut pas, quand même elle le voudrait, revenir en arrière jusque par-delà le siècle. Tous ces efforts héroïques, tous ces sacrifices d'or et de sang, elle les a faits précisément et uniquement pour détruire la tradition que vous invoquez. Cette souveraineté que vos ancêtres ont détenue pendant des siècles, au nom du droit de conquête et par la délégation de quelques privilégiés, la nation, par la Révolution de 89, l'a réclamée pour elle-même, c'est-à-dire pour tous, pour la race des vaincus et des opprimés séculaires.

Et, de ce changement colossal, de ce véritable renversement de la base sociale, il est résulté, dans l'échelle tout entière des mœurs et des institutions, des modifications profondes, intégrales. La terre, qui était l'apanage de quelques-uns, est devenue le patrimoine de tous; les charges publiques, les fonctions civiles et militaires, qui étaient constituées en monopole, sont devenues accessibles à tous; l'impôt, qui était établi et réglé par les édits du roi, a été soumis à l'agrément du peuple; l'autorité, qui émanait d'en haut, procède d'en bas.

Sans doute, la formule politique de ce droit social nouveau n'est pas trouvée du premier coup, et des tâtonnements douloureux, de brusques oscillations, des accidents révolutionnaires réitérés en marquent la recherche ; mais de quelque nom que se nomme désormais le gouvernement,—Convention, Directoire, Consu'at, Empire, Monarchie de Juillet ou République, — c'est toujours de la souveraineté nationale qu'il invoque le principe ou allègue le prétexte ; les querelles qui s'élèvent entre ces régimes divers ne sont que conflits de formes, qui ne préjudicient en rien au fond, et il est un point toujours commun entre eux, un sentiment dans lequel jusqu'à ce jour ils n'ont pas cessé de se confondre : c'est, — pardonnez-moi, monseigneur, —c'est la haine de l'ancien régime, dont vous êtes le représentant.

Telle est, monseigneur, la France en face de laquelle vous vous trouverez, vous, le Roi.

Tel est le pays que, la Chambre actuelle une fois dissoute, vous aurez à consulter par des élections générales : — à moins qu'après avoir été nommé Roi

par une Chambre, vous vouliez vous
passer de Chambre ; mais vous n'êtes
point capable d'une telle ingratitude, et
vous avez d'ailleurs formellement reconnu la nécessité de constituer des
pouvoirs électifs, quoique vous protes-
tiez ne vouloir pas être « le Roi de la Révolution. »

Or, quel sera le résultat de cette grande
épreuve ? Que seront ces élections ?

Royalistes ? Ne le croyez point, monseigneur.

Bonapartistes ? Il se pourrait.

Républicaines ? Peut-être.

Mais que les élus soient, en majorité,
bonapartistes ou républicains, ce qu'ils
auront pour inspiration commune et
générale, ce qu'ils auront la mission
de défendre et le mandat de faire triom-
pher, c'est « la Révolution ; » et avant
d'être les députés de tel ou tel parti, ils
seront, dans le sens que j'ai indiqué
tout à l'heure, des députés révolutionnaires, c'est à-dire les représentants de
tous ceux qui, de près ou de loin, se
sentiront ou se croiront menacés par le
retour de l'ancien régime.

Le paysan votera contre le candidat
royal, parce que son curé sera royaliste
et soumis à l'influence détestée ou sus-

pecte de la Société de Jésus, parce que si l'habitant du village salue avec respect le ministre de sa religion, il n'a que colère et sarcasme pour le prêtre politique, pour le prêtre de la contre-révolution. Puis, il n'a pas oublié que c'est depuis la Révolution qu'il est propriétaire, et sans redouter absolument la dépossession dont quelques-uns le menacent, sans croire aveuglément au retour de la taille et de la corvée, il lu plaira de rassurer ses instincts de conservation en nommant un adversaire de ces anciennes coutumes. Jacques Bonhomme est fils de 89, partant révolutionnaire ; — et tel sera son élu.

L'ouvrier des villes, — je ne parle pas de celui que « la réforme électorale » aura ramené à l'état d'ilote : celui-là sera révolutionnaire passionné, violent, redoutable, cela va sans dire ; je ne veux parler que de celui qui aura eu la fortune d'être maintenu sur les listes : — l'ouvrier des villes ! — ah ! celui-là, monseigneur, ni belles promesses, ni déclarations de Saint-Ouen, ni concessions de Salzbourg ne l'empêcheront de voter pour le candidat révolutionnaire ; car celui-là, depuis l'origine des siècles, se bat, à tort et à travers, pour la révolution; — celui-là se glorifie de compter dans sa famille des combattants aux journées de 1830 et de 1848 : ce sont ses titres de noblesse, à lui ; — celui-là tient passionnément à ses droits politiques, qui sont pour lui l'acheminement à l'égalité sociale; — celui-là ne veut plus être gouverné par droit divin, et s'il consent à subir un maître, il a du moins la prétention de le choisir. L'ouvrier est l'ennemi-né de l'ancien régime, du droit divin, de toute suprématie mystique, de toute autorité qui ne procède point du peuple; l'ouvrier est raisonneur ; l'ouvrier — osons le dire — est envieux, partant révolutionnaire; — et tel sera son élu.

Le bourgeois, — parlons du bourgeois comme soutien d'un trône ! — le bourgeois, depuis 1787, donne des leçons au pouvoir : c'est sa mission; — le bourgeois a renversé et immolé Louis XVI; — le bourgeois a fait la Terreur : Robespierre, Danton, Billault-Varennes, Fouquier-Tinville étaient des bourgeois; — le bourgeois a fait monter la rente à la chute de Napoléon Ier; — il a banni Charles X, et, — n'oubliez point ceci, monseigneur, — il a proscrit le drapeau blanc; — le bourgeois a chassé Louis-Philippe, la bourgeoisie faite roi; — le bourgeois a mené à mal la

République de février, qui était l'œuvre de ses banquets réformistes;—le bourgeois a rempli ses poches pendant les dix-hui années du second Empire et sifflé à pleins poumons le pouvoir impérial au lendemain de Sedan;— le bourgeois procrée l'avocat, cet éternel adversaire de tout pouvoir établi; — le bourgeois a pour type M. Thiers, pour associé M. Gambetta, pour lendemain Gigusie ; — le bourgeois est gouailleur, prudhomme et sceptique;—le bourgeois a le prurit du bouleversement; — le bourgeois se dit « conservateur, » mais il est, sans le savoir, révolutionnaire; — et tel sera son élu.

La haute banque! le haut commerce! ceux-là sont encore des bourgeois—doublés d'Israélites. Sans doute, nombre d'entre eux s'accommodent de tout pouvoir établi; mais un roi catholique et pieux n'est guère le fait de ces milliardaires hébréo-païens. Puis ils sont ou se croient la nouvelle aristocratie et ne sauraient voir, avec grande joie, ressusciter à côté d'eux l'éclat des vieux noms et des anciennes familles. Ils sont volontiers républicains, parce qu'ils s'imaginent renouveler en leurs personnes la noblesse de Gênes et de Venise. Marchands, et par suite partisans de la liberté des échanges, les hauts banquiers,

les gros commerçants sont, quoi qu'ils
en aient, liés aux idées modernes qui ont
fait leurs modernes fortunes ; ils sont,
en somme, révolutionnaires;—et tel sera
leur élu.

La magistrature ! Mais n'est-ce point
elle, monseigneur, qui donna naissance
aux vrais, aux grands parlementaires du
temps passé ? Ne fut-elle point la mère
et l'éducatrice des L'Hospital, des Bi-
gnon, des Séguier, des Harlay, des Molé,
qui vérifiaient les édits royaux et fai-
saient entendre des remontrances à l'autorité royale? Cette magistrature, qui se
laissait frapper d'exil plutôt que de com-
plaire aux exigences de votre aïeul
Louis XV, la Révolution ne l'a-t-elle pas
rendue, sinon plus fière, au moins plus
indépendante ? Aujourd'hui plus qu'alors
elle est le palladium du droit des parti-
culiers contre la prépondérance de l'État,
l'égide du faible contre le puissant ; elle
a devoir d'opposer la justice au bon
plaisir, le droit écrit au favoritisme ; elle
a mission d'examiner, apprécier, con-
trôler, répartir ; elle est la gardienne de
l'égalité civile ; elle est la plus haute
incarnation de l'esprit moderne ; elle est
donc révolutionnaire ; — et tel sera son
élu.

L'armée ! — Laissons l'armée, monseigneur : nous n'avons point à en parler, puisqu'elle ne votera point ; mais elle agira peut-être, en quelque cas donné. Et dans quel sens s'exercera son action ? Je n'oserais le prévoir et le dire. Songez seulement, monseigneur, que depuis Bonaparte, cette armée, où les grades ne se confèrent plus par la faveur du roi, où les galons et les épaulettes s'acquièrent par la bravoure et par le savoir, cette armée est démocratique, c'est à-dire révolutionnaire. Songez aussi que cette armée se recrute parmi ces paysans, ces ouvriers et ces bourgeois dont l'esprit est tel que je viens de dire, et que vous n'avez plus, pour encadrer ces forces ennemies ou suspectes, les états-majors poudrés et enrubannés de Nerwinde ou de Fontenoy.

Que vous restera-t-il, monseigneur, contre ces masses défiantes, contre ces forces hostiles ?

Il vous restera ce qui reste de la noblesse, et avec elle le clergé :

La noblesse, dans les rangs de laquelle se retrouvent, sans nul doute, des fils de race authentique, des rejetons du vrai sang bleu, mais qui se mêle aussi de bien des vilains ensavonnés, de bien des bourgeois à particule qui, n'ont de l'ancien régime rien de plus que le nom des châteaux qu'ils ont achetés à la Bande-Noire : et tout cela, — noblesse d'origine ou noblesse d'emprunt,— dispersé, déshabitué de la vie publique, sans cohésion, sans esprit de corps, sans doctrine d Etat, et à ce point dépourvu d'influence politique, que les plus grands noms de France ne peuvent, même à l'heure décisive où il s'agit de préparer votre avénement, trouver un candidat à mettre en ligne contre les candidats les plus obscurs de la démocratie triomphante ;

Le clergé, royaliste par la force du préjugé et par l'effet de la hiérarchie, mais, au fond, plus agité peut-être que vous ne pensez par le ferment de la révolte démocratique, et, en tout cas, aussi faible, comme corps politique, que la noblesse elle-même, et non moins impuissant qu'elle contre les Barodet de campagne tels que les Girot-Pouzol et les Turigny.

Tel est, monseigneur, le bilan des forces respectives de la monarchie et de la révolution.

Il est facile de prévoir ce que sera une Assemblée issue de tels éléments.

Il est moins facile de savoir comment

vous pourrez gouverner avec cette Assemblée.

En effet, monseigneur, où prendrez-vous vos ministres ? — car, pour roi de droit divin que l'on soit, on ne saurait gouverner seul en collaboration avec Dieu, et l'on subit l'humaine nécessité d'avoir des ministres.

Les prendrez-vous en dehors de la Chambre ? Mais alors c'est là guerre ouverte et perpétuelle entre la Chambre et le gouvernement ; or, l'on sait comment marchent, en pareilles conjonctures, les affaires du pays, et l'on ne sait pas moins où s'en vont atterrir les gouvernemen's qui s'embarquent sur cette galère.

Les choisirez-vous dans le Parlement ? Mais alors ce ne sera plus le roi traditionnel qui règnera ; ce sera la majorité révolutionnaire en la personne de MM. Arago ou Picard, Ranc ou Naquet ; — et vous ne serez plus, monseigneur, qu'un roi constitutionnel suivant la définition de Napoléon Ier, si tant est que la Révolution, de l'humeur dont elle est en France, puisse s'accommoder même d'un tel roi.

Ainsi la ruine d'un côté, l'avilissement de l'autre : c'est entre ces deux perspectives, monseigneur, que vous avez à choisir d'avance.

Vous pourrez, il est vrai, dissoudre légalement cette Assemblée. Soit! Il en viendra, légalement, une autre qui sera pire.

Que ferez-vous de celle-ci? Y entrerez-vous un beau matin en bottes de cheval et le fouet à la main, comme Louis XIV au Parlement? Mais Louis XIV avait dix-huit ans! monseigneur, — dix-huit ans, l'âge où l'on risque tout; mais Louis XIV était sûr de son armée; mais le Parlement de Louis XIV n'était qu'un Parlement, non point une Chambre élue; mais Louis XIV, par-delà le Parlement, n'avait affaire à personne, et vous aurez affaire au suffrage universel; mais Louis XIV n'avait derrière lui que la Fronde, et vous avez la Révolution!

Que faire, alors?

Reconnaître et subir enfin cette inéluctable Révolution? Confesser le nouveau droit électoral engendré par elle? Faire appel à la souveraineté nationale?

Eh, monseigneur, que ne le faites-vous tout de suite? Que de peines et d'ennuis vous éviteriez, que de maux et de périls vous épargneriez à la France!

Mais non! vous ne pouvez faire cela, monseigneur! Vous pouvez être victime de la Révolution; mais il ne vous appartient point de la diriger. Telle est la fa-

talité historique attachée à votre personne. A des situations neuves, il faut
des races neuves; et « le roi de la Révolution, » ce ne peut être le Roi, ce ne
peut être que l'EMPEREUR.

Ainsi, monseigneur, voilà où l'on vous
mène : croyez-en un homme qui ne
trompe point, et qui a le malheur de ne
se tromper guère, ayant vu beaucoup de
choses et étant à peu près détaché de
toutes.

Et cependant, vous doutez, monseigneur ! Vous vous dites :

« Que me veut cet homme ? Quelle
autorité a sa voix, perdue parmi tant de
voix? Pourquoi l'écouterais-je, lui obscur,
quand il me dit : « Ne venez pas! » tan-
dis que tant d'autres, puissants et illus-
tres, me tendent de loin les bras et me
crient : « Venez, sire, venez ! »

Ceci m'amène, monseigneur , au troi-
sième point de mon discours ; et sur ce-
lui-ci je serai bref, car il est brûlant et
ne touche pas seulement à votre situation, mais à votre personne.

* *.
*

Ceux qui vous appellent, monseigneur,
ceux qui se proclament vos amis, ce
sont ceux-là même qui s'intitulent la
majorité de l'Assemblée nationale. Or,

je ne veux point dire de mal de l'Assemblée nationale, parce que la loi me le défend. Mais enfin, il est bien permis de rappeler à quelle heure et dans quelles conditions cette Assemblée a été élue : au lendemain des plus cruels désastres ; sous l'épouvantable pression morale d'un million d'ennemis qui occupaient quarante de nos départements ; élue en huit jours, sans discussion, sans examen préalable, sous l'influence d'un décret qui prétendait exclure du droit d'éligibilité tout le personnel politique des vingt dernières années.

Est-ce vrai, tout cela, monseigneur ? Et si cela est vrai, dites-moi, vous qui passez pour un homme de conscience, si ce n'est point à rire de pitié au nez du courtisan qui a osé dire que « jamais Chambre ne fut élue en de pareilles conditions d'indépendance et de liberté ?»

Non : la vérité est que le pays, lassé, brisé, épuisé, convaincu, par une folle et terrible expérience, de l'impossibilité de continuer la guerre, ne demandait, à cette heure, que la paix et la délivrance. La paix était sa préoccupation immédiate, unique, exclusive. Il ne s'agissait pas alors de faire un gouvernement ni même de savoir quel gouvernement on ferait : il s'agissait de traiter, de mettre

un terme aux horreurs et aux menaces
de la guerre, de se débarrasser de l'ennemi. Tout ce qu'on demandait à chaque candidat se résumait en ceci : « Voulez-vous la paix ? » S'il répondait oui, on n'exigeait pas de lui d'autre profession de foi. Et ce fut ainsi que le pays désigna, en majorité considérable, sans distinction de partis et d'opinions politiques, les hommes qui, par leur situation, leur âge, leur caractère ou leurs antécédents lui offraient les garanties les plus sûres touchant la conclusion de la paix.

Si l'on vous dit qu'il en fût autrement, monseigneur, exigez de chacun de vos amis qu'il produise à vos yeux la profession de foi ou la déclaration de principes qu'il a dû faire alors, et cherchez-y la moindre trace d'un programme politique, le moindre vestige de la prétention de constituer. Si l'on vous dit qu'il en fut autrement, priez vos amis qu'ils vous expliquent comment on a vu, dans le plus grand nombre des départements, passer tout d'une pièce des listes où figuraient côte à côte des noms légitimistes, orléanistes, républicains, voire même impérialistes, sans qu'aucun des candidats protestât contre ces étranges accouplements et manifestât le besoin de dégager, sur la question politique, sa responsabilité respective !

Relisez d'ailleurs les premières discussions de Bordeaux, monseigneur, et demandez-vous par quelle singularité tous les partis se seraient trouvés d'accord pour réserver la question de gouvernement, si, véritablement, ils avaient eu conscience qu'ils étaient investis du soin de la résoudre. Quelques-uns objectent, il est vrai, qu'on ne pouvait faire un gouvernement tant que l'ennemi occupait le territoire : — comme si la présence de l'ennemi et les désastres du pays n'eussent pas été une raison de plus de faire un gouvernement fort, personnel, responsable ; — comme si Charles VII n'eût pas été proclamé roi en pleine occupation anglaise ; — comme si la République de 92 n'eût pas été déclarée en face de l'invasion ; — comme si Louis XVIII avait attendu, pour rentrer, que M. de Richelieu eût débarrassé la France des armées de la coalition ! Puis, si l'on ne pouvait faire un gouvernement en présence de l'ennemi, c'est que l'Assemblée ne sentait point sa conscience libre ; — et alors, comment celle de ses électeurs l'eût-elle été ?

Tout cela, en vérité, ne résiste point à l'examen. — Je n'oserais pourtant, vu

l'état de nos lois, formuler les conclu-
sions qui résultent de pareilles prémi-ses;
mais si la majorité de l'Assemblée nationale pers'stait, contre toute prudence,
et réussissait, contre toute probabilité,
à faire un gouvernement, — qui ne vi-
vrait pas, — j'ose vous prédire, monseigneur, que d'ici à peu de temps quelque autre écrivain, moins gêné dans ses
allures, et jugeant alors les événements
de la veille qui sont pour nous les événements de demain, ne manquerait point de
dire, — aux applaudissements de la conscience publique : — que la majorité parlementaire de 1873 ne représentait point
le pays de 1873, mais seulement le pays en
l'état où il était au lendemain de la guerre
de 1870; que cette majorité n'avait pas
qualité pour faire un gouvernement;
qu'en faisant ce qu'elle n'avait pas mission de faire, elle avait dépassé ses pouvoirs, elle avait usurpé, et mis ainsi le
comble à une impopularité dont toutes
les élections, depu's plus de deux ans,
avaient rendu l'éclatant témoignage :

De telle façon, monseigneur, que si
cette usurpation se fût accomplie à votre
profit, vous eussiez instantanément a-
sumé, vis-à-vis du pays, la plus grande
part de responsabilité dans la faute de

la majorité parlementaire et presque tout
le poids de son impopularité.

Tel est le jugement que l'on vous
presse d'affronter, monseigneur.

Et si, poussant plus loin l'analyse, si,
laissant à part l'Assemblée, envisagée
dans son caractère général, nous exami-
nions plus spécialement ce que sont et
ce que veulent les gens qui travaillent à
vous faire roi, c'est ici, monseigneur,
que vous trouveriez matière à rentrer en
vous-même et à réfléchir sur le rôle
qu'on vous fait jouer.

Quelques mots là-dessus seulement :
je laisserai le reste à votre pensée.

Votre parti, monseigneur, se compose
de deux partis : les légitimistes et les
orléanistes ; ceux-là, aristocrates catho-
liques ; ceux-ci, bourgeois voltairiens ;—
et vous pouvez juger d'avance quelle cohésion régnera entre ces deux groupes,
quel bon ménage politique vous est
préparé.

Les légitimistes, je le sais, sont presque tous hommes d'honneur, et beaucoup sont des esprits distingués ; mais
quoi ! ce sont tous gens issus de la fem-
me de Loth ! Au lieu de marcher vers
l'avenir, au lieu d'aller devant eux laissant en proie au feu du ciel la cité mau-

dite de l'ancien régime, ils se retournent obstinément vers le passé, ils regardent flamber derrière eux la patrie perdue de leurs priviléges, et demeurent pétrifiés. Il n'y a rien à attendre d'eux; c'est fini : ils sont voués à l'éternel néant, à l'immobilité mortelle. Si l'incendie s'étend, ils seront consumés ; si l'incendie s'arrête, ils demeureront bornes de sel.

Les autres, les orléanistes, descendent aussi de la famille d'Abraham, non point par Loth, mais par Aaron, qui fabriqua le veau d'or. Ils sont de cette école de bourgeois dont je vous parlais tout à l'heure. Après l'argent, ce qu'ils aiment le mieux. ce sont les places, le pouvoir, l'importance, le crédit. Or, ils ne sont pas absolument certains que vous leur donnerez tout cela: car ils savent que vous avez des amis plus sûrs qu'eux-mêmes et de qui vous n'êtes point séparé par de honteux et sanglants souvenirs. Il n'importe : ils suivent, quant à présent, votre fortune ; vous êtes l'homme nécessaire, étant l'homme-principe. Après, quand le tour aura été joué, si vous ne vous entendez pas avec eux, vous verrez comme ils font sauter du même coup le principe et l'homme : demandez plutôt au père de vos cousins.

En attendant, ils se servent de vous, ils exploitent votre nom, et, avec ou sans votre permission, ils le déshonorent.

Le mot vous paraît fort ?

Ecoutez-moi, monseigneur.

Que penseriez-vous de Henri IV, et comment le traiterait l'histoire si, à Coutras, après avoir dit à ses compagnons : « Amis, ralliez-vous à mon panache blanc ! » il eût tout à coup changé de panache ? Que diriez-vous de lui surtout si, au lieu d'avertir fièrement ses soldats de cette substitution, il fût demeuré, discrètement et petitement, dans quelque coin de la bataille, en laissant seulement dire à tel de ses cornettes ou sergents d'armes : « Vous voyez bien ce cavalier là-bas, derrière ce mur, avec un panache tricolore : c'est le roi. Mais, chut ! n'allez pas crier cela tout haut, de peur d'attirer sur lui le feu de l'ennemi. »

Si Henri IV eût fait cela, monseigneur, vous ne le citeriez point avec orgueil au nombre de vos ancêtres et de vos répondants. Eh bien, c'est pourtant là ce qu'on vous fait faire, à vous, le fils de Henri IV ! c'est là ce dont vos recruteurs et vos raccolleurs vous accusent, sans que vous vous en soyez encore défendu.

Et vos amis, monseigneur, vos vrais amis eux-mêmes ne s'étonnent pas, ne se révoltent pas, ne vous avertissent pas ! Hélas ! En eux aussi le sang des preux est devenu pâle, et ce ne sont point les barons et cavaliers, voire les parpaillots et les reîtres de Coutras qui eussent ainsi laissé calomnier leur roi !

Je n'insiste pas autrement, monseigneur : aussi bien, ce n'est pas à nous qu'est confié le soin de votre renommée. Pourtant je suis de ceux à qui l'honneur de la France est cher, même dans le passé qui ne les regarde point, même dans la personne de leurs adversaires, et je conviens, monseigneur, que quelque chose de l'honneur français réside en vous et repose sur vous.

Et, cela étant, ne pensez vous pas, monseigneur, qu'il serait fâcheux et pitoyable d'avoir changé de panache pour en venir à ne point gagner la bataille? Ne pensez-vous pas surtout que si, même après l'avoir gagnée, votre succès devait aboutir à quelqu'une de ces catastrophes que ma parole vous annonce, ne pensez-vous pas, dis-je, que ce serait chose cruelle pour vous-même et pour nous tous, si le dernier héritier de nos rois,

rendant compte à ses aïeux de sa su-
prême tentative, devait changer pour eux
le mot du lendemain de Pavie, et dire à
tous ces morts qui le contemplent du
fond de leurs tombeaux ou du sommet
de leur gloire :

« Tout est perdu, même l'honneur ! »

JULES AMIGUES.

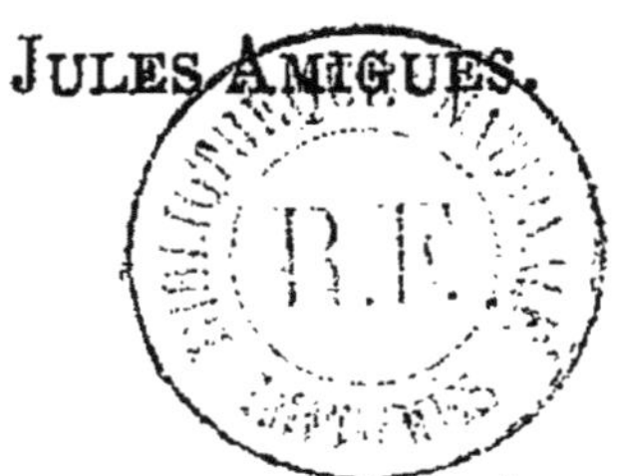

Paris. — Imp. F. DEBONS et Cie, 16, rne du Croissant.